Retratos de primavera
e outras estações

Fernando Armando Ribeiro

Retratos de primavera
e outras estações

EDITORAS ASSOCIADAS

Catalogação na publicação
Elaborada por Bibliotecária Janaina Ramos – CRB-8/9166

R484

Ribeiro, Fernando Armando

Retratos de primavera: e outras estações / Fernando Armando Ribeiro. – Belo Horizonte: Quixote+DO, 2023.

108 p.; 13,5 X 21 cm

ISBN 978-65-86942-78-1

1. Poesia. 2. Literatura brasileira. I. Ribeiro, Fernando Armando. II. Título.

CDD 869.91

Índice para catálogo sistemático

I. Poesia : Literatura brasileira

Nesta edição respeitou-se o acordo ortográfico da língua portuguesa de 1990, que entrou em vigor no Brasil em 2009.

Quixote+Do Editoras Associadas
Rua Alagoas 1270 - sala 304
www.quixote-do.com.br
https://www.facebook.com/QuixoteDoEditora/
https://www.instagram.com/quixote.do/
https://www.youtube.com/c/QuixoteDoEditorasAssociadas

Dedicatória

Aos escritores e artistas do movimento modernista, arautos de uma primavera sempre presente, ainda por vir.

SU

MÁ

"These fragments I have shored against my ruins"
(T S Eliot, ***The Waste Land***, section V)

Florescência da palavra

Angelo Oswaldo de Araújo Santos

Meu coração busca as palavras do estio
Busca o estio prometido nas palavras
(Poesia de inverno, Sophia de Mello Breyner Andresen)

A poesia é a manifestação mais clara da perplexidade dos humanos diante do mistério do ser no mundo. Alumbramento e angústia acendem na palavra o lume poético que estremece o homem e a mulher assombrados pelo enigma.

Os orientais encontraram, na parcimônia da palavra eleita, o despojamento que leva à captação do instante de luz que incide sobre o drama. No ocidente, os gregos buscaram a palavra essencial. O século da modernidade, que nos antecede, retirou a palavra da inundação verbal em que se afogava havia centenas de anos. Reaprendemos a ouvir o silêncio e a reconhecer a contundência da palavra enxuta, ereta e exata. Fernando Armando Ribeiro renova essa percepção auroral do estar no mundo. Sua poesia são flagrantes da vida que passa, brotando do despertar da fruição. Ora luminoso como um relâmpago, por vezes ingênuo como breve testemunho do momento, o seu verso concentra-se no raio da emoção, almeja a síntese, dança a alegria, germina silêncios. Tudo isso o poeta confessa ao caminhar na plenitude do vazio em que flutua o ser.

Tecida desse espanto, a poesia de Fernando Armando Ribeiro floresce na primavera de uma ramada de versos curtos e velozes. As sombras do outono, o rigor do inverno e o calor do estio por certo irão fazer das flores do poeta sementes e frutos de colheitas sempre mais fartas.

Catadupa

Uma criança lê
Histórias transbordam
nesta que apenas começa

As águas do lago
empoçam em minh'alma
cristalina vontade
de também me aclarar

Segredo

Se com a lua
me assombro
é segredo
não conto

Com o pássaro eu canto
para a dor não doer

Céu

em memória de Julio Cortázar

Alcançar o céu pela pedra
(pois tu és pedra)

embora na terra
qual êxtase obscuro

a ele
(num instante)
poderás retornar

Lição

Para contemplar
(devidamente)
a Lua
é preciso esquecer
o peso da Terra

No alvoroço dos passarinhos
pousa a paz e faço ninho

Do avião

Vendo de cima
as nuvens
quase me convenço
de que a Terra
é o Céu

Existencial

E no fundo
é isso a vida
uma outra forma
de saudade

Exortação primaveril

Beija-me agora,
primavera!
Reluz tua luz nesta fronte
que nunca e desde sempre
assim te anseia
Beija e deixa florir
em abraços:
cores
desejos
Que primavera seja!

Teoria anticaos

para Maria Esther Maciel

Se em algum lugar do mundo
uma borboleta bate suas asas

mais uma chance nos é dada
de sermos salvos pela beleza

Onda

A proximidade do mar
me inunda
Faço-me onda
e retorno

Alvorada

Se aves me voam
silêncios me pousam
habito vazios
para florescer
auroras

O homem que anda, de Rodin

O homem que anda
é todo tronco e pernas
nada o detém em seu caminho

Sem mãos que toquem
cabeça que pense
ele anda, anda
e anda

Em progresso?
Em regresso?
Podem pernas
trilhar destinos?

Trincheiras

Nas trincheiras
baionetas falam
enquanto homens
morrem calados

não dizem adeus
ou clamam céus
nem nada

são secos números
(homens secos)
cujo sangue escorre
e seca

Vírus

Vírus consomem os corpos
e a verdade retira-se
assustada

Não com o vírus
nem com a morte

Mas com a cega
convicção dos homens

Primavera

a primavera floriu
como sempre

nova
como nunca

bela
como o agora

Prática

Praticar continuamente
este exercício:

serenar-se e
de mansinho
ver (de fato)
a vida passar

Além das placas

Forjam-se números
nunca horizontes

Olhe sempre
além das placas

praças
rios
amantes

Compromisso

De todos os grandes compromissos
exalto aquele da flor
polinizar de cores o mundo
aos desertos responder
frescor

Dica

Dos muitos modos
de viver a primavera
eis o mais ditoso e simples:

colher sem pressa
a fragrância dos lírios

Alquimia

Vento sopra desejos
e eu treinando alegrias

alço à natureza
meu beijo

faço da rotina
poesia

Aviso

Para os que existem
apenas virtualmente
um aviso

a vida real
(também) existe
e acaba

Johann Sebastian

Bach
mistério
dilema

Sinfonia cósmica
rumo ao magnífico

Prelúdio do homem
pelas variações do gênio

Escrever

Escrevemos porque há o assombro
tangenciando nas horas
a pergunta que somos

Gotas de memória

para meu amigo Antônio Sérgio Bueno

Dos pingos de chuva
(também)
escorrem memórias

As andanças do velho boiadeiro
sob tempestade
(ainda úmidas)

nunca
jamais secam
nas lembranças do filho

Corumbau[1]

O céu banhado em lilás reflete
em barcos de pescadores
um mar azul turquesa

Corumbau:
longe do mundo e suas dores
perto do mistério
luz sem fim

[1] Corumbau é uma pequena vila no litoral sul da Bahia, cujo nome, em língua pataxó, significa longe de tudo.

Cruz

No silêncio da montanha
oculta-se uma cruz

resplandece na mata
sem torres nem luz

Todo seu credo
(oh visível mistério)
reside apenas
em ser desvelada

Entrelinhas

para João A.Carrascoza

Escrever por silêncios
(poético desafio)

Preencher a página
sem ofuscar-lhe
o branco

Índio

No dia em que se celebra a proclamação da República
encontro um índio

Vende pentes
colares, adornos

Sem saudosismo do Império
nem qualquer nacionalismo

dispo-me de meus valores republicanos
e lhe peço perdão

Lição do vento

Antes de lançar-se
ao mundo
deixe-se tocar
pelo vento

Ele lhe revelará segredos
dos homens
dos mares
do tempo

Fiat lux

A escuridão pairava há tanto tempo
que se tornara
quase aconchego

a muitos parecia
que sempre estivera
dormindo mansamente
em seu leito

Foi quando alguém disse
(ou o teria dito a própria palavra?):

Fiat lux!

e ela volveu
(origem sempiterna
força desguarnecida
chama que evoca cuidados)

Volveu e acenou em alegria
a todos que por ela ansiavam

Seu brilho tênue
(contudo)
não dissipou plenamente as trevas

mas fez com que os homens enxergassem
(e bailassem)
desfazendo trevas
na luz

Memória

Se tudo passa
que ao menos fique
na memória da rosa
a brisa que soprou

O gato

Em equilíbrio dançante
e sutil
o gato se move
e me olha
Sinto enroscar-se
em minh'alma
a sua languidez
num salto

Ulysses

o que se passa num dia
é muito mais do que um dia
que passa

Sentidos

O sentido da vida é?
buscar
sentidos
compartilhar
sentidos
atribuir
sentidos
e nunca
deixar de sentir

Oblívio

A criança me chama
finjo que não ouço
Volta a chamar
mas não me encontra
Ao seu novo chamado
estou surdo
Na miragem
da solidez do mundo
ergo prédios
impérios
destinos

Ouse
regar primaveras
para que invernos
possam partir

Poema da irrealizada face

em memória de
Carlos Drummond de Andrade

A tarde certamente era azul
e curtas as vestes das raparigas

Mas de longe me espreitavam
(olhos severos)
deveres
de uma conspícua oficina

Palavra

para Yeda Prates Bernis

Não há palavra
que não germine
silêncios

não há silêncio
que não suplique
palavras

Caminhos

Se na flor habitam espinhos
também há pólen
seiva, néctar

abelhas ali encontram
caminhos de vida
entre as pétalas

Senzala

Na vibração das pedras
eu sinto

a dor
dos que já não doem

o frio
dos que não mais sentem

a fome
dos que nada comem

Sua ausente presença
aqui se encontra
nessa turva
triste memória

Convite a pensar o humano
as tradições
a história

Senzala, por ti eu sinto!
tanta vida aqui sepultada
Mas sinto por nós
e por mim mesmo

Na face agônica do outro
um grito então se abafou

seus ecos
ainda (não)
se ouvem
agora

Estilo

Sou poeta
de antiversos

nacionalista
de universos

trabalhador de
plácidas horas

Sou
aprendiz de coisa alguma

caminhante
sem caminhos

visionário
do presente

Van Gogh

Tendo por guia
as estrelas

e vendo na noite
luz maior que o dia

o gênio sente e contempla
o universo

Reinventa
ciprestes
botas
oliveiras

no cerne das coisas
mostra o inverso

Ama e vive

do amor
sua falta

e agoniza
em dor e delírio

Na Provence está o mundo
nos pincéis, caminho

cores não bastam
só os sonhos saciam

Composição

Escrever um poema
é como contemplar beija-flor

o voo latente nas asas
a palavra, flor multicor

Assim, se lhe parecerem dissonantes
uma rima ou sentido qualquer
espere até que as palavras v o e m

E uma flor
um beijo lhe dê

Ars poetica

Se gostas de brincar
com as cores

sabes também
fazer poesia

o poeta dá cor
às palavras

até que as letras
evanesçam

C

A

B

T

A

Cromo

Se rubras são as horas
verdes as esperanças
azul faz-se meu peito
que brilha em cores
de criança

Pássaro de sol

Quando habitei
a esquecida floresta

tão filha do mar
quanto do céu

nutriu-me
alado desejo:

fazer-me
pássaro de sol

Criação

Criemos!
depressa
devagar
senão morremos

Criar é tudo
sul e norte
além do tempo
aquém da morte

fazer do mundo
instante azul

Solitude

Ando sozinho
mas não solitário
pois o caminho
já é amor

Prestidigitação

Desvelar:
esse supremo dom
de quem faz
do fugaz
amarelo

Nuvens

Claras como ciprestes
altivas como a neve

nuvens passam brancas
no frio azul do céu

Borboleta

Uma borboleta
flanando ao fim da tarde
borda em suas asas
a síntese do dia

Detalhes

Na flor
perceber o abismo
que separa a pétala
do pólen

No pássaro
perceber o voo
que antecipa o aprumo
do salto

No mar
perceber o rio
que flui das ondas
ao encalço

Vitória

Diante da página em branco
quase sempre faço corar

Vence meu medo
o desejo (azul)
de poder criar

Fundamento

No fundo
pouco sabemos
e fingimos tudo saber

No fundo
(de fato)
não há fundo

Apenas tangíveis horizontes
impregnados de desejo
e sonhos

Mar

essa plenitude de vazios
quietude impermanente
de movimento
e cores

Déjà-vu

O que sei das ondas
quando me banho
esqueço

Então fecho os olhos
(espuma!)
volto a me lembrar

Realismo

para Olavo Romano

Pisar a terra com os pés
a carne
os ossos

Assim
sem medo e aporia
nutrir-se inteiramente
de estrelas

Nada

Todos os dias
quero nutrir-me
completamente
de nada

Na plenitude desse vazio
deixar ressoar
meu ser

Despertar

E o céu amanheceu
vestido de azul
como se nada soubesse
dos sofrimentos da terra

Teria seu olhar se perdido ao longe?
Esquecera-se de nosso pequeno planeta?

Ou seria apenas seu jeito
(oh divina, cósmica destreza)
de a nós, humanos, despertar?

Ipês

Suas ricas vestes amarelas
logo estarão ao chão
(tapetes para a primavera)

Mensageiros magnânimos
da estação

Desconstrução

Bacuraus
e bacorinhos
desconstroem
(a seu modo)
o silêncio

Não urja!
Do tempo não se leva
nada além do que se eleva
Elevar-se é aquietar

Terço

Como se rezasse o terço
teço palavras em delírio

Não sei se êxtase divino
ou apenas humano enlevo

Primavera

Pétalas ao vento
acompanham beija-flores

Abelhas e borboletas
disputam o beijo das rosas

E no céu andorinhas
cantam instantes como auroras

Amora

O aroma da amora exala
de trás para frente
letra por letra

Palavras

Mundo se escreve
história se fala
(Ai palavras!)
Recados de ontem
plenos de agora
mensageiras do amanhã

O cisne

Era uma nuvem
passando branca
Fez-se cisne e
flutuou no céu

Minha poesia

A poesia que me habita
é a do verso que não fiz
da palavra que não escrevi
do canto que não compus

A poesia que me habita
é o que me falta
desterra
desassossega
tece espanto em meu olhar

A poesia que me habita é
menos que poesia
arte ou sonho

É estrofe de vida
voz nua das ruas
contida em cada esquina do tempo
que me traz

sua luz de escuridão
seu gesto de alento
seu conforto

O despertar, de Rodin

Ao despertar já é tarde
(ou cedo?)
tarde demais para ver

que a vida floresce
e o tempo é um afago
que nos desafia
a saber

Era uma vez

(a partir da tela *A persistência da memória*, de Salvador Dalí)

Era uma vez
um tempo sem tempo
tudo se dava
como de uma vez

futuropresente
presentepassado
memóriaesperança
ontemagora

Nesse tempo
(além de qualquer tempo)
deu-se esta história
sem fim nem começo

Beija-flor

Beija-flor colhe o néctar do lírio
mas resta o delírio
fina flor

Sapiência desnuda
divindade terrena

em suas asas me embalo
e voo

Surrealismo

O pernilongo que matei
ficou pregado à parede
como um quadro

Anos depois
ao vender o imóvel
notaram os surreais vestígios
daquela impressionante
pintura

Estrela cadente

Saltou
como um gato
para dentro da nuvem
desfez-se em fuligens
e brilhou no céu

Talvez

Talvez, um dia
por serem esquecidas
as coisas serão retidas
e assim, quem sabe
passarão

Ribeiro

Havia ali um bosque
uma lebre
um regato

O bosque foi destruído
A lebre partiu num salto

Mas minh'alma
meu nome
ainda fluem nesse regato

Literatura

Tocar o intocável
dizer o indizível
sentir o impossível

No verbo
fundar o ser

Certezas

Por trás do ódio
habita o medo
Por trás do medo
certezas
rechaçam verdades
fluidas como o amor

Correção de valores

Abstratamente sei
que em outro ponto da terra
jatos bombardeiam uma cidade
(de prédios e gente)
tal qual a minha

Mas sento-me silenciosamente
nesta manhã de sábado
e do jornal irrompe indolente
o anúncio da corretora de valores:
"Oportunidade: petróleo dispara enquanto tropas russas investem contra Kiev"

Na outra página, uma criança.
Seu olhar perdido sobre a face chamuscada
é como um oásis

Dali brota uma fonte
que pinga pelo rosto
mas cuja pureza não pode limpá-lo

Escorre impávida por sobre a pasta escura
transpõe o queixo
desce pelo pescoço

Até chegar ao peito onde
corretor (quem sabe?)
um coração as receba
para novos valores fundar

Ócio

Em meio à pausa
encontro a vida
em movimento
(por inteiro)

Zombaria

Na imobilidade
do engarrafamento
a mosca dispara
um zombeteiro voo

Acronia

Vive-se uma vida
num segundo
e longos anos
para descobri-lo

Conversão

para (con)verter
o mundo
em poesia
bastam silêncio
e ou(l)vidos

De viés

Não encaremos
a vida de frente
mas de lado
Oblíqua
maravilhosa
urgente

A Pierre Reverdy

Aquele filete de água
mais que prata
mais que ouro
Brilha na voz do poeta
que vê nos pássaros
tesouro

(In)versos

Em todo verso
o inverso
(universos!)
salva
as múltiplas possibilidades
de vida

Picasso

Assim tu pintas
como um grito
A boca entreaberta
a devorar o mundo

Aspiras (a)o infinito
mas és puro instante
de júbilo ou gozo
a jorrar pelas tintas

Senciente

Sim
eu vejo o crepitar do vento
como ouço o enrubescer celeste
anunciando a chegada da noite

Sim
apalpo invisíveis horizontes
e com o pôr do sol me alimento
como se fora água e vinho

Ao escrever este verso eu sonho
e com ele corro, embriago, caminho

Sinto tanto a quietude das coisas
que quase posso
vê-las dançar

Último poema

Não haverá
último poema

Toda poesia é princípio
prenúncio de outras
auroras

#tudocomeçanalivraria
#QuixoteDo2023
#RetratosdePrimavera

1ª edição [2023]

Esta obra foi impressa na Gráfica Formato
em papel Pólen Bold FSC 90g/m^2
para a Quixote+Do Editoras Associadas.

Selo "FSC®" – Forest Stewardship Council (Conselho de Manejo Florestal) é obtido por empresas que têm sua operação avaliada, garantindo que o papel usado na impressão é produzido de maneira ambientalmente adequada, socialmente benéfica e economicamente viável. A Formato é certificada desde junho de 2010.